句集

弓勢

星野光二

文學の森

句集　弓勢／目次

装丁　巖谷純介

句集

弓勢

ゆんぜい

次の一手

平成二十一年

七草や土蔵の小窓に水明り

着ぶくれの顔揃ひたる元戦士

神馬像の蹄にこぼる初雀

寒椿次の一手が定まらず

鬼やらひ地球儀の裏に流れ弾

目玉焼に噴火の兆し春立てり

楽器屋の裸身の金管楽器《きんくわんがつき》冴返る

余寒なほ全く青き人工芝

初午や狐にさまの付く灯

浅春の棚田を浮かす白い月

白梅は尼僧の居住まひごときもの

春泥の轍の深み迷ひ足

大仏の掌に余りたる春の色

春灯の放物線で吊る大架橋

ものの芽や虚空に開く赤子の手

世の鬱の堰切るやうに雪解川

この浦に光年かけて春の星

逆光に漕ぎ出す一艘松うらら

素焼鉢どれも生き生き水温む

春めくや素焼の鉢の色を買ひ

鳥雲に教会オルガン鳴り止まず

日の目見る明治の書簡かげろへり

無重力といふ束の間や春眠し

巣づくりの巧拙あれど持ち家に

遁走の苦手の空缶春疾風

飛ぶ鳥の横滑りして春嵐

春光の棒となりたる新幹線

道一つ違へて遠き彼岸寺

春筍を抱へて凱旋気取りかな

石垣の反りに見惚れて犬ふぐり

風呂敷の結び目美しき仏生会

大鍋の具のはみ出して春祭

茅葺きの香の新しく春祭

木の匂土の匂の小鳥の巣

一束の菖蒲が侍る仕舞風呂

旅鞄少し軽めに夏に入る

遠野・花巻への旅　五句

花は葉にハチローのウタ口遊む

清貧かくも高村山荘青時雨

かつぱとは会へずじまひの初夏の旅
渓川の音の転がる若葉光

翡翠の嘴にへの字の小さき魚

がまがへる四股名を呼べば六法踏む

潮入に押し戻されぬ夏落葉

来し方の道は一筋桐の花

炊き出しは醤油のにぎり町祭

旧友と大中取り替ふ宿浴衣

蝸牛の角一ミリワットの電波ほど
機嫌良き父でありたし父の日は

隧道の前で狼狽ふ大南風

明易の眼鏡指紋のうすびかり

梅雨寒の大桟橋の寂として

山間の三波まで来る日雷

花茣蓙や僧衣の裾のみだれなし

寝返りを打つたび手繰る夏蒲団

我が屋の窓から

雛を呑む蛇渾身の生ぐささ

片蔭や海抜ゼロの理髪店

捨て難き記録の滲む登山地図

立ち食ひの蕎麦の香纏ふ梅雨の駅

神戸での関西夏行　二句

ハーブサイダーコックピットの味がする

夏行夏行と人口島の夜は更けて

片蔭の大川端を清洲《きよす》橋まで
川風に仄と潮の香どぜうなべ

新道も何時しか旧道心太

カンバスを昨日の位置に夏木立

蛍袋覗くは野暮といふものよ
呼び声のあるが楽しき夜店かな

児を寝かす団扇の風もねむりけり

縁先の盆に徳利と胡瓜もみ

冷奴突いて今日の愚痴を聞く

青鷺の一声残し川向かう

一灯に焦れて果つる火取虫

百万ドルの夜景に失せし火取虫

彼の件は髪を洗ひし後で聞く

口喧嘩して髪洗ふ女かな

一刀を投じてみたし土用波

踏切の灼けて警鐘早打ちに

ぼろぼろの古書を繙く夏の果

大鍋を棚奥に据ゑ解夏の庫裏

足らぬものあれば才なり敗戦忌

八月の過労気味なる洗濯機

八月や昭和の匂ふ焼きむすび

箱詰めにされて不覚の南瓜かな

防腐剤の匂ふ角材秋暑し

ゼブラゾーンの白き艶失せ処暑の街

人の名を思ひ出せずに赤のまま

秒読みてふ凶器に迷ひ手蚯蚓鳴く

落款の白地に滲む秋扇

逆らへば刃とならむ芒原

唐辛子どれも極道赤青黄

衣被同床異夢の手が伸びる

割柘榴大往生の入り日かな

一《ひと》所《ところ》揺れて風知る花野原

稲刈つて平《ひら》城《じろ》ごとき一軒家

かつて濃尾の武士の駆けたる刈田道

棚田より棚田に遊ぶ刈田風

海鳴りて朝市に盛る青蜜柑

緑青の三層に浮き秋茜

談笑の壁に蔓ごと烏瓜

背戸の鍵開ける金音そぞろ寒

夕紅葉山寺一つ落城す

敗荷の月下に踊るやも知れず

仮死のやうな顔を晒して烏瓜

晩秋の谿を揺るがす長吊橋

黄落や今どきポケットウイスキー

図らずも濁酒と鍋になる夕餉

刷り上がる本の匂や冬はじめ

しぐるるや総身漫画の電車来る

切干に意地あり芯のしこしこと

大根は手でなく足と腰で引く

大木の身振ひ一つ落葉降る

裸木を恋うて離れぬ樺一葉

美しき死の原と化す枯尾花

頬たたく銀杏落葉の湿りかな

鷹舞ひて武甲の夕陽ほしきまま

瞑想かはたまた惰眠か浮寝鳥

極月の夜の水零す顎の下

パソコンのマウスの疲れ日短

泥んこのラガーの太股宙に舞ふ

夜回りの声の上擦る空つ風

寄り難き気迫充ちたる大冬木

葱剝けば覚悟の裸身に乱れなし

牡蠣啜る喉の閊《つか》へも一息に

微妙なるナイフの角度聖菓切る

宇宙食が船内泳ぐクリスマス

霧の音

平成二十二年

篠笛に何時しか温み初神楽

繭玉や醤《ひしほ》の香立つ煎餅屋

一杯がカンフルとなる寒の水

操車場寒九の列車の縮む音

寒晴の空は枡形新都心

寒晴や富岳の肌の荒れてをり

篚一つ弛む音して寒明くる

公魚の泪より先づ凍てにけり

斑雪野に挿したる如き鷺一羽

土塊のほつほつ目覚むはだれ雪

賞味期限切れたるごとく春の風邪

初午や寅より機嫌よき狐

白梅の根方に対の藁人形

浅春の陽を存分に鯉の口

薄氷の末路を去《い》なす朱の鯉

広野ゆく黒牛三頭霾ぐもり

刷毛で地球《ほし》撫でたる如く黄砂降る

急くなといふ声が耳底に西行忌

曲屋の高きに聳え青き踏む
人のやうにチェロ抱き起こす春の宵

土器《かはらけ》を投げて霞の音を聞き

彼岸会やわけても白き墓誌の文字

水激すれば闘志激する上り鮎

独活の香をからりと揚げて八寸へ

天地の恵みを搗きて蓬餅

かぎろひの滑走路先にある不安

卒業期ピアノ激しく鳴り止まず

反芻の牛の尾ぴくりと苜蓿

分け入れば黄金の坩堝花ミモザ

食堂車の過る灯もまた朧なる

残る花まだまだ老いてはならむとぞ

ハモニカの少年は旬なりたんぽぽ野

夕星の藪に絡まり遠蛙

檻の獣に疲れの眼こどもの日

道具屋横丁鉄の匂の夏めきぬ

蛇苺岳《だけ》師のごとき威のありて

南吹く黒衣の宰相祀る杜

衆の眼の怪しく光る薪能

夜の新樹キーを弄《まさぐ》る幽し音

高原の宿のステーキ薔薇の卓

川合ひの濁り一筋行々子

どくだみや実《げ》にも物憂き試錐音

傷一つ無き蚕豆に歯を爪を

無造作に喇叭飲みする汗の喉

青空を裏返してゐる植田かな

岳に雲黒部の水張る植田かな

一日とて無駄にはできぬ沙羅の花

沙羅の花木戸に木型の投句箱

明易の沖にタンカー一の字に
梅雨に入るからつと揚げた海老フライ

武蔵嵐山にて

国蝶てふおほむらさきに逢ひにゆく

尺蠖や不整脈といふ持病あり

狂うてはをらぬと陽気な栗の花

道化師の涙か天道虫の艶

湾内に屯すタンカー朝ぐもり

黒鞄影まで重し梅雨の月

喜雨来る厨で糯米とぐ嫗

ジーパンを脱ぎて浴衣の兄となり

雪渓を見下ろす男の眼の光

愚直にも発条の効きたる含羞草

青鬼灯点せワインの二三滴

雑踏抜け四万六千日の縄暖簾

黒電話が似合ふ家なり日日草

鷺草の白き辺りに風生る

願掛けの帰路に拾ふや落し文

羽蟻の夜をとこ黙してキー叩く

空蟬のオーバーハングにある迷ひ
あらうことか昨日の霊が夏芝居

劇場の灯のうすうすと夜の秋

蜘蛛の囲や嘗て太閤の一夜城

蜘蛛の囲の向かう三日月鈍《なまくら》に

封切らば涼しき文字の流れをり

墨の香の卓に漂ふ夜の秋

闇夜でも月の出てくる盆踊

稲妻や野に野晒しの猫車

初秋の遠き筑波の平らなる

地球儀の埃たたくや初嵐

空つぽの馬穴がピエロに初嵐

白抜きの一字の薄れ秋扇

喪服解き普段の声で秋扇

天涯を我が縄張と稲妻す

関八州に楔打ちたる秋の雷

一雨氏を悼む

紫蘇の実や今ごろ浄土で扱く一雨《いちう》

オンザロックの色の間あひや虫の声

好漢の背送り出す葉鶏頭

江戸の粋遺す黒松昼の虫

鰡飛んで潮入池に輪の二つ

潮の香の項に遊ぶコスモス野

放牧の牛の一鳴秋の風

擦傷の瘡蓋取れて竹の春

小粒でも役どころあり吾亦紅

どぶろくや串に砂肝ハツねぎ間

爽涼やセカンドテナーの乗りの良さ

木の実落つエースの決まる零《ラブ》ゲーム

トラックの荷台で旅の木の実かな

目覚むれば馬柵を越えゆく霧の音

霧匂ふ湖より静かなる灯火

岳樺奈落の谷より霧の声

霧分けて近づく鈴の音杖の音

真鰯の目を潤ませて売られけり

馬肥えてロケの戦場盛り上がる

栗を剝く悪女もみんな女なり

夕映ゆる稽田の色見て飽かず
堂裏に来て見よ敗荷《はいか》の男泣き

木枯や殺陣さながらの寺の門

万物の血の気を浚ひ冬夕焼

ところどころ灸治のごとき冬田かな

揉め事は智者に任せて山眠る

川涸れて小骨のごとき杭の列

鉄橋の響きも涸るる冬の川

帰るところなき北風の荒仕事

北風に付き合ふほどの度量なし

太陽の欠けたる如く寒波来る

山茶花や碁笥《ごけ》を弄《まさぐ》る石の音

マジシャンの化身か山茶花散るや散る

兜煮の目玉突く箸年忘れ

金塊の銹びたるやうな海鼠かな

大くさめ身の毒一気に吐き出せり

極月の疲れ果てたる千円札

ウオッカの熱き息吹き冬薔薇

雑炊の贅とも貧とも今昔

違ふ道

平成二十三年

宇宙《コスモス》や芥子粒ほどの去年今年

存分に腹式呼吸して迎春

盆栽に粋を添へたる初雀

松過ぎの昏遊ぶ起稿の夜

弓勢の美しき胸板寒稽古

星に打つ寒九の石の意図無限

寒梅に日の溜りゆく冠木門

寒鰤を置く魚店の特等席

大寒の月のひかりに疼くかな

中吊りに目の移ろひて日脚伸ぶ

全ては空へ口結びたる冬木の芽

かいつぶり夕紅の一潜り

唇を見る白魚の魚眼かな

まんさくの綺羅を自慢の川向かう

ビニールの袋の曇り蕗の薹

男子一色バレンタインの日の会議

干涸びし街に化粧の春の雪

鐘七つ駆落ち知らぬ恋の猫

末黒野に立つ棒杙の修羅の色

禅寺の過ぎたるものに白椿

八畳間明るうせよと雛の声

ひばり野に牛百頭の涎かな

囀りの果ての不覚や雲雀落つ

絵巻物ぎつしり詰めて牡丹の芽

黄砂降る餃子に温めの紹興酒

野遊びや武蔵好みの棒拾ふ

食ふや食はずの世は幻に草摘みぬ

三・一一の大地震　六句

大揺れに春の俳句教室《けうしつ》総立ちぬ

密室の揺れにも労り春の地震

帰路歩む人ひとの黙春夕べ

想定外の言葉の軽し春の災

呼ぶ声の春潮にかすれ津波跡

節電の窓にうすうす春の月

一陣の殺気が背に椿落つ

亀鳴くや人生かくも違ふ道

空の海舟傾きて雲雀落つ

ひばり野の領空侵す練習機

一捻り二捻りして蛸風船

関八州逃ぐる場所《とこ》無し杉の花

春灯やぼろかくしする布一枚

雲に穴春田に描く陽の斑かな

我が髪も斯くあらばやと蘖ゆる

搾乳の零れし温み別れ霜

夏蝶の影を自在に三波石

弁当は地場の鳥めし麦の秋

銭亀や元禄ゆかりの松の色

庖丁の刃も男前なり初鰹

チケットの二枚を財布に緑雨の夜

新緑の窓滑りゆく四重奏

練り歩く震度五弱の神輿振り

曲屋の厩の湿り夏燕

映ゆる陽をいま発信中の植田かな

地球喝梅雨入り早く来るらし

尺蠖のひと尺ごとの湿りかな

カンフルの一打が欲しき油照

水羊羹売る幟の裏も水羊羹

黒電話ベルの頻りに薔薇の家

走行の美し麦秋のサイドカー

夏服の指揮者の小鬢に光るもの

紫陽花や潮風遊ぶ白い歌碑

日雷ファックスの音びびりたる

四駆より跣足飛び出す浜の砂

月蝕の夜を点せる月見草

月見草我が宿酔の今朝の貌

虹消えて女つまらぬ顔となり

放射能汚染に戦く虹の橋

遭難の碑に神酒かけて山開

ポケットに挿したるだけのサングラス

切腹の穴子に力なかりけり

穴子食み今日の不出来を反省す

六甲山《ろくかふ》横断黒ビール干す東人《あづまうど》

通過列車の風のかたまり灼けてをり

昼寝覚五体の螺子を締め直す

背表紙の剝げし合本土用干

野良猫の凄む土用太郎かな

借手なき貸看板に西日の矢

目薬の終の一滴夜の秋

歩数計のカウント足踏む残暑かな

新涼の音を操る調律師

新涼の小路一つにも風の色

節電の二文字の重み原爆忌

墓洗ふ尼僧のやうな声を掛け

盆僧の衣帯を解けば好好爺

朝顔や古き脚立を梯子乗り

音色にも巧拙のあり虫すだく

剽軽な陶狸浮かるる虫時雨

月の面泥んこにして野分雲

尖る音まあーるくなりぬ芋水車

芋の葉を銀盤にして露の舞
這松をなぞりて走る霧の声

渓谷の霧の深さや音の死す

異星人てふ夢の楽しや空澄む日

モニュメントのしろがね光《びかり》雁渡る

星月夜仮死のやうなるカルデラ湖

登高や銭百文の土器を投ぐ

夜《よ》は夜《よる》の声で奏でる昼の虫

死に様に迷ひのあらむ残る虫

稲雀雑兵散りては押し返す

霧射して鈍となるヘッドライト

脂気の失せたる五体そぞろ寒

媚売るは風のいたづら吾亦紅
落城の未だ火は消えず吾亦紅

生涯を一樹に託し熟柿落つ
幾何模様の日影を踏みて秋惜しむ

鳥渡る宇治十帖を繙けば

綿虫のいのちのほどの目眩かな

綿虫に逢ふや投函密書めく

初霜の鏡磨けど凡の顔

冬晴の酸素を今朝の馳走とす

熱燗の燗の辺りの酌を受け

稿了へて鮟鱇鍋と洒落てみる
河豚喰うてコンマ一分の不安かな

鎧戸に八卦置の影冬ざるる

鰭酒やマッチの役に立つときも

墓碑銘の軍官若し藪柑子

百畳の無駄一つだに無き白障子

オリオンの首座取り戻す月の蝕

炭爆ぜて女の顔の締まりけり

処方箋持ちて五十歩街師走

蔦枯れて絆の深き蔓と壁

叫ぶ名の絆重しや除夜の鐘

あとがき

時の流れは早いもので、今年で主宰を継承してから満十年になる。平成二十二年には「水明」創刊八十周年を祝い、平成二十五年には「水明」通巻一〇〇〇号を迎えた。そして今年の九月には創刊八十五周年を迎えることとなった。併せて、私の主宰就任十周年ともなるので、第三句集を出版することにした。

第二句集『光年』の平成十八年からの三年間は、名誉主宰、副主宰を始め、「水明」を支え、柱となった重鎮の方々が次々と他界し、正に波瀾万丈の期間であった。その後の三年間は、体制の再編成と新たな陣容に加えて、若手の台頭もあり、ようやく充実した三年間となってきた。『光年』の出版からは、約三年余り経過しているが、平成二十一年から二十三年までの三年間の句の中から三六六句を収録して第三句集とした。

この句集の題名『弓勢』は、きりきりと弓を引き絞った張り、力強さが、未来に向けての希望を秘めた勢いを捉えた言葉であり姿である。そこには、精神統一された美の逞しさが、目映く現れている。この句集の三年間は、第二句集『光年』の三年間の夢中で詠んだ句に較べ、いくらか落ち着いた句になってきたような気がする。

本句集出版にあたり、「文學の森」の皆様には大変お世話になりました。大変有難くここに厚く御礼申し上げます。

平成二十七年七月

「水明」主宰　星野光二

著者略歴

星野光二（ほしの・こうじ）

昭和７年７月　浦和市（現さいたま市）生
平成11年　　　「水明」入門、星野紗一に師事
平成12年　　　「水明」同人
平成13年　　　「水明」運営同人、事務局長
平成14年　　　「水明」水明賞受賞
平成15年　　　「水明」季音賞受賞
平成18年　　　「水明」主宰を継承

埼玉県俳句連盟名誉会長
現代俳句協会会員
埼玉県現代俳句協会副会長
埼玉文芸家集団副代表
さいたま文藝家協会理事
日本現代詩歌文学館振興会評議員
埼玉新聞「埼玉俳壇」選者
毎日新聞「毎日俳句」地方版選者
東京四季出版「俳句四季」四季吟詠選者

句　集　『透明』『光年』

現住所　〒336-0016
　　　　さいたま市南区大谷場1-11-18
電　話　048-881-2430

句集　弓《ゆん》勢《ぜい》

発　行　平成二十七年十一月十三日
著　者　星野光二
発行者　大山基利
発行所　株式会社　文學の森
〒一六九-〇〇七五
東京都新宿区高田馬場二-一-二　田島ビル八階
tel 03-5292-9188　fax 03-5292-9199
e-mail mori@bungak.com
ホームページ http://www.bungak.com
印刷・製本　小松義彦

ISBN978-4-86438-486-5　C0092